Este libro pertenece a:

_____

Copyright © Texto e ilustraciones: Mireia Gombau, 2021

Reservados todos los derechos. No se permite la reproducción total o parcial de esta obra, ni su incorporación a un sistema informático, ni su transmisión en cualquier forma o por cualquier medio (electrónico, mecánico, fotocopia, grabación u otros) sin autorización previa y por escrito del titular del copyright. La infracción de dichos derechos puede constituir un delito contra la propiedad intelectual.

Editorial Mireia Gombau
www.editorialmireiagombau.com

ISBN-13: 9798749440812

KIBU
y el
RELOJ MÁGICO

MIREIA GOMBAU

En BOSQUE SECRETO, un lugar escondido entre montañas y riachuelos, había un pueblo de elfos.

Una tarde, Nina, la elfa de pelo rojizo y sus amigos fueron a pasear y a jugar cerca del río.

—¡Qué frío que hace! —dijo Nina mientras se colocaba la bufanda.

—¡Parece que el tiempo se ha parado en invierno! —dijeron preocupados sus amigos.

Hacía demasiados meses que nevaba sin cesar y que los animales estaban escondidos en sus nidos y madrigueras.

¿Por qué no había llegado ya la primavera?

—¡Yo quiero que siempre sea invierno! —gritó un elfo mientras bajaba la ladera en trineo.

—¡Que vuelva la primavera para que pueda cuidar de mis flores! —dijo el elfo jardinero.

—Pues yo quiero bañarme en el lago. ¡Quiero que empiece el verano! —dijo una elfa señalando el lago, ahora congelado.

—¡No, no! ¡Quiero que empiece el otoño para poder preparar mi tarta de castañas! —añadió el elfo cocinero.

Todos los elfos y los animales de Bosque Secreto tenían su estación del año favorita, y deseaban su llegada para poder hacer lo que más les gustaba.

Pero solo el **RELOJ MÁGICO** podría conseguir que este frío invierno terminara. Era un reloj único y especial; no marcaba solamente las horas, sino que también controlaba el sol, la lluvia, el viento, la nieve y la llegada de las cuatro estaciones.

KIBU
era el elfo encargado de dar cuerda al reloj mágico.
Su trabajo era el más importante del mundo. Si él no lo hacía, el tiempo se detendría haciendo que la primavera, el verano, el otoño y el invierno dejaran de existir.

—Vayamos a visitar a Kibu. Él nos dirá qué es lo que pasa —propuso Nina.

—¡Tienes razón! —afirmó el elfo jardinero.

—**¡VAMOS!** —exclamaron todos entusiasmados.

Cruzaron el jardín de las hadas...

Navegaron a lo largo del río plateado...

...y escalaron la montaña más alta.

Cuando llegaron a la cima, a los pies del único árbol que había, encontraron la casa de Kibu.

Nina miró por la ventana y vio a Kibu sentado en su sillón. Decidida, llamó a la puerta.

Cuando Kibu abrió, se alegró mucho al ver de nuevo a todos sus amigos.

—Kibu, ¿por qué no llega la primavera? —preguntó Nina.

—El reloj mágico se ha parado y no consigo girar la llave —se lamentó Kibu.

Nina y el resto de elfos se sorprendieron al escuchar su respuesta, pero estaban tranquilos porque sabían cuál era la mejor forma de solucionarlo.

—¡ENTRE TODOS TE AYUDAREMOS!

Kibu guio a sus amigos hasta la habitación del reloj. Al abrir la puerta, todos se fijaron en que las paredes estaban heladas y el suelo nevado.

Hacía mucho frío, tanto que hasta las agujas del reloj estaban **CONGELADAS**

Rodearon el reloj hasta que encontraron la llave. Estaba atascada.
Nina supo que si querían hacerla girar, tendría que ser entre todos. Solo así lo conseguirían.

—Elfos, ¡a la de tres!

¡UNA, DOS y TRES!

Finalmente, gracias al esfuerzo de cada uno y al trabajo en equipo, consiguieron desatascar la llave. Entonces, Kibu, con cuidado, dio cuerda al reloj mágico.

Las agujas del reloj empezaron a moverse.
La nieve y el hielo se derritieron lentamente.

Donde antes había hielo, ahora había flores de colores.

¡HABÍA LLEGADO LA PRIMAVERA!

Kibu sonrió al ver que el reloj volvía a funcionar. Feliz, miró a sus amigos y juntos lo celebraron.

—¡Bravo! ¡Lo hemos conseguido! —gritó el elfo cocinero.

—¡Ha llegado la primavera! —dijo Nina muy contenta.

El tiempo iba pasando y las **CUATRO ESTACIONES** fueron llegando, una tras otra.

La **PRIMAVERA**
trajo una brisa suave y llenó el bosque de flores. Los animales salieron de sus nidos y madrigueras con muchas ganas de jugar.

El **VERANO**
se presentó acompañado de días calurosos en los que todos disfrutaron de refrescantes baños en el lago y de desayunos comiendo helado.

El OTOÑO fue la época del año perfecta para pasar las tardes merendando deliciosa tarta de castañas. Todos cantaron y bailaron mientras esperaban la llegada del próximo invierno.

El INVIERNO llegó de nuevo. Desde entonces, cuando los primeros copos de nieve empezaban a caer, los elfos visitaban a Kibu y juntos giraban la llave.

Todos los elfos

TRABAJARON JUNTOS

para que el reloj mágico

NUNCA VOLVIERA A PARARSE.

Milton Keynes UK
Ingram Content Group UK Ltd.
UKHW051051070424
440665UK00003B/49